C'est la rentrée !

Pour princesse Selma
au cœur généreux.
M.

www.editions.flammarion.com

Éditions Flammarion - 87, quai Panhard-et-Levassor - 75647 Paris Cedex 13
ISBN : 978-2-0813-5662-7 - N° d'édition : L.01EJEN001244.N001
Dépôt légal : avril 2015
Imprimé en France par Pollina S. A. - 03-2015 - L71075a
Loi n° 49-956 du 16 juillet 1949 sur les publications destinées à la jeunesse.

C'est la rentrée !

Texte de
Magdalena

Illustrations
d'**Emmanuel Ristord**

Castor Poche

Aujourd'hui, c'est la rentrée.
Les enfants rentrent
en première année d'école.

SEPTEMBRE

5

« Qui commence l'école aujourd'hui ?
demande Maman.

– Moi, dit Léa.

– Moi, dit Noé.

– Moi, dit Ana.

– Moi, moi, moi ! » crient tous les trois.

« Alors, en route ! On y va ! »
dit Maman.

Sur le trottoir,
Ana donne la main à Maman.
Léa et Noé avancent devant.

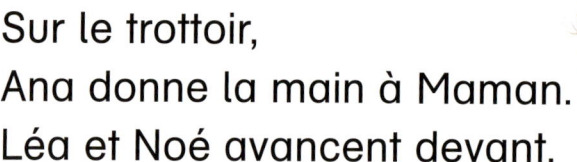

En chemin, ils rencontrent Mia et Téo
avec leurs mamans.

« En avant, venez avec nous ! » dit Noé.

Les voilà tous réunis sur le chemin de l'école.
On dirait un train de souris.

Devant la cour de l'école,
tout le monde s'arrête.
Tout le monde se regarde.
Tout le monde baisse la tête.

« On est arrivé ! Qui rentre le premier ?
demandent les mamans.

– Pas moi ! dit Léa.

– Pas nous ! disent Noé et Téo.

– Nous non plus ! » disent Ana et Mia.

Et les enfants reculent.
Ils veulent rentrer à la maison !

21

La maîtresse arrive avec un grand sourire.
« Bonjour, je suis Julie, votre maîtresse.
Il ne faut pas avoir peur ! » dit-elle.

« Avec moi, on va apprendre à lire,
à écrire, à compter, à chanter…
et toujours dans la bonne humeur ! »
dit Julie doucement.

Maintenant, les enfants ont tous envie
d'entrer dans l'école.
Les parents sont rassurés.

La cloche sonne.

« C'est l'heure de se séparer,
un bisou sur chaque joue,
et zou, les mamans, rentrez chez vous,
je m'occupe de tout ! » s'écrie Maîtresse Julie.

« Qui veut visiter l'école ?
demande Maîtresse Julie.
– Moi, moi, moi, moi ! crient les enfants.
– Au revoir les parents, à ce soir ! »
disent la maîtresse et les enfants.

Retrouve les histoires de
Ma première année d'école
pour t'accompagner tout au long de l'année !
3 niveaux de lecture correspondant aux grandes
étapes d'apprentissage, de la lecture accompagnée
à la lecture autonome.

NIVEAU 1 : PREMIÈRE ÉTAPE
NIVEAU 2 : DEUXIÈME ÉTAPE
NIVEAU 3 : TROISIÈME ÉTAPE

Déjà paru :

Dispute à la récré
NIVEAU 1